出口成章

雪蜀意 编著

中国出版集团有限公司
China Publishing Group Co., Ltd.
现代出版社

图书在版编目（CIP）数据

出口成章 / 雪蜀意编著. -- 北京 : 现代出版社，2025. 6. -- ISBN 978-7-5231-1554-1

Ⅰ. I04

中国国家版本馆CIP数据核字第20250GA368号

出口成章

CHUKOU CHENGZHANG

编　著　雪蜀意

责任编辑　杨学庆

责任印制　贾子珍

出版发行　现代出版社

地　址　北京市安定门外安华里504号

邮政编码　100011

电　话　(010) 64267325

传　真　(010) 64245264

网　址　www.1980xd.com

印　刷　三河市天润建兴印务有限公司

开　本　889mm × 1194mm　1/16

印　张　8

字　数　80千字

版　次　2025年7月第1版　2025年7月第1次印刷

书　号　ISBN 978-7-5231-1554-1

定　价　59.00元

前言

在古代，无论是祭神、节庆之际，还是朋友聚会或离别之时，人们都会献上一首高雅的诗词。这些高雅诗词不仅承载着深厚的文化底蕴，也反映了人们的情感和生活状态。从《诗经》的质朴到唐诗的雄浑，再到宋词的婉约，诗词的演变恰似一幅幅历史画卷，展现了不同时代的风貌。现如今，白话文的兴起，让诗词与现代生活有了新的交集，出现了大量脍炙人口的俗语。而诗词这类妙语带着我们感受、品味大千世界，以意味深长的诗意抚慰心灵。使我们在现实生活中的一切情绪和困惑，都可以从妙语中找到那个与我们“心意相通”的答案。

当你想说“懂我的人，不需要解释”时，你可以说“知我者，谓我心忧；不知我者，谓我何求”。

当你想说“晚霞真美”时，你可以说“落霞与孤鹜齐飞，秋水共长天一色”。

当你想说“祝您长寿”时，你可以说“从今把定春风笑，且作人间长寿仙”。

……

妙语就像一座语言宝库，语言高度凝练，内容丰富，情感寓意深刻，在网络流行语越来越受年轻人欢迎的今天，妙语随着岁月的沉淀，越发历久弥香。它以美中带着含蓄，含蓄中又蕴含着激昂的姿态，将俗语和流行语演绎得文雅崇高。当把你说出来的俗语用妙语代替时，那份超脱世俗的心境和个人气质瞬间就得到了净化和升华，“满腹经纶”就成了你的个人形象。

在中华文化的璀璨星河中，妙语犹如一颗颗耀眼的明星，照耀着我们，让我们的精神得到滋养。当俗语遇上妙语，读的是一种意境，提升的是一种审美能力，出口的是文化的丰富底蕴。它们不仅是语言的艺术，还是情感的流淌、智慧的结晶，更是独属于中国人的浪漫。

在现如今这个快节奏的时代里，让我们继续传承和发扬妙语的浪漫情怀。让妙语的美韵在我们心中生根发芽，绽放出更加绚丽的光彩。让我们用妙语的智慧去感悟生活，用妙语的情感去丰富心灵，让这份浪漫情怀永远流淌在中华文化的长河中。

目录

叹光阴，岁月成诗

俗语：人生就是一场旅行。

妙语：人生如逆旅，我亦是行人。

俗语：日子一天天过，人一天天变老。

妙语：白发催年老，青阳逼岁除。

俗语：人生没有回头路。

妙语：花有重开日，人无再少年。

俗语：人生短暂。

妙语：君不见，黄河之水天上来，奔流到海不复回。君不见，高堂明镜悲白发，朝如青丝暮成雪。

俗语：青春短暂。

妙语：韶华不为少年留，恨悠悠，几时休？

俗语：最后就是一场空。

妙语：贪得一场水月镜花，终得一场曲终人散。

俗语：人生哪有一帆风顺的？

妙语：人道洛阳花似锦，偏我来时不逢春。

俗语：错过了日出，还有日落。

妙语：东隅已逝，桑榆非晚。

俗语：就让往事随风。

妙语：浮生暂寄梦中梦，世事如闻风里风。

俗语：一天天变老。

妙语：唯见月寒日暖，来煎人寿。

俗语：人生哪能都如意。

妙语：天道忌满，人道忌全。

俗语：青春一去不复返。

妙语：最是人间留不住，朱颜辞镜花辞树。

俗语：时光流逝，春来冬往。

妙语：流光容易把人抛，红了樱桃，绿了芭蕉。

俗语：时间过得飞快。

妙语：人生天地之间，若白驹之过隙，忽然而已。

俗语：旧的一年过去了，新的一年到来了。

妙语：爆竹声中一岁除，春风送暖入屠苏。

俗语：珍惜时间，享受生活。

妙语：春宵一刻值千金，花有清香月有阴。

俗语：生活还得继续。

妙语：夜半听鸡梳白发，天明走马入红尘。

俗语：往事不堪回首。

妙语：百岁光阴如梦蝶，重回首往事堪嗟。

俗语：日久见人心。

妙语：时光知味，岁月沉香。

俗语：后知后觉。

妙语：连雨不知春去，一晴方觉夏深。

俗语：坦然面对人生。

妙语：竹杖芒鞋轻胜马，谁怕？一蓑烟雨任平生。

俗语：勇敢面对生活。

妙语：纵有疾风起，人生不言弃。

俗语：走自己的路，让别人说去吧。

妙语：莫听穿林打叶声，何妨吟啸且徐行。

俗语：**该走的人，终究会走。**

妙语：舟去人归初梦远，风起缘断暮云深。

俗语：**该去的总会去，该来的总会来。**

妙语：无可奈何花落去，似曾相识燕归来。

俗语：**珍惜当下。**

妙语：有花堪折直须折，莫待无花空折枝。

俗语：**我现在心情不错。**

妙语：此时情绪此时天，无事小神仙。

俗语：**要开心快乐每一天。**

妙语：不问花开几许，只问浅笑安然。

俗语：**悠闲自在地生活。**

妙语：行到水穷处，坐看云起时。

俗语：**结束得太快了。**

妙语：昨日看花花灼灼，今朝看花花欲落。

俗语：**岁月静好。**

妙语：山野万万里，余生路漫漫。日暮酒杯淡饭，一半一半。

俗语：**美好的事情正在发生。**

妙语：律回岁晚冰霜少，春到人间草木知。

俗语：**人老心不老。**

妙语：莫道桑榆晚，为霞尚满天。

俗语：**随遇而安。**

妙语：时光清浅处，一步一安然。

俗语：**随缘吧。**

妙语：万物各有适，人生且随缘。

俗语：**享受当下的美好。**

妙语：只闻花香，不谈悲喜；饮茶颂书，不争朝夕。

俗语：**顺其自然地生活。**

妙语：慢品人间烟火色，闲观万事岁月长。

俗语：**热爱生活。**

妙语：日出有盼，日落有念。心有所期，忙而不茫。

俗语：**乐观地面对生活。**

妙语：时间煮雨，岁月缝花。以欢喜之心，慢度日常。

俗语：**心安的地方就是家。**

妙语：无论海角与天涯，大抵心安即是家。

俗语：**赢了高兴，输了也不必悲伤。**

妙语：胜固欣然，败亦可喜；优哉游哉，聊复尔耳。

俗语：**不要轻易放弃。**

妙语：人有逆天之时，天无绝人之路。

俗语：**好运总会来的。**

妙语：莫愁千里路，自有到来风。

俗语：**生活再难，也要乐观面对。**

妙语：风雪压我两三年，我笑风轻雪如棉。

俗语：**没什么大不了的。**

妙语：淡看人间三千事，闲来轻笑两三声。

俗语：别翻旧账。

妙语：上船不思岸上人，下船不提船上事。

俗语：没钱的日子不好过。

妙语：诚知此恨人人有，贫贱夫妻百事哀。

俗语：好怀念过去呀。

妙语：赌书消得泼茶香，当时只道是寻常。

俗语：在平淡中，发现生活的美好。

妙语：慢品人间烟火色，闲观万事岁月长。

俗语：山里的生活真好啊。

妙语：山中莫道无供给，明月清风不用钱。

俗语：睡到自然醒。

妙语：草堂春睡足，窗外日迟迟。

俗语：懒得化妆。

妙语：懒起画蛾眉，弄妆梳洗迟。

俗语：内心悠闲宁静。

妙语：我心素已闲，清川澹如此。

俗语：闲着没事干。

妙语：日长睡起无情思，闲看儿童捉柳花。

俗语：舒舒服服地睡觉。

妙语：花间明月，松下凉风，输我北窗一枕。

俗语：我想回家种地。

妙语：何时得遂田园乐，睡到人间饭熟时。

俗语：在外面玩儿太久了，回家晚了。

妙语：细数落花因久坐，缓寻芳草得归迟。

俗语：人生起起落落，不过如此。

妙语：人生海海，山山而川，不过尔尔。

俗语：时间不知不觉过了很久。

妙语：闲云潭影日悠悠，物换星移几度秋？

俗语：时间公平地对待每一个人。

妙语：公道世间唯白发，贵人头上不曾饶。

俗语：做人，最重要的是开心。

妙语：今朝有酒今朝醉，明日愁来明日愁。

俗语：**别浪费时间。**

妙语：劝君莫惜金缕衣，劝君惜取少年时。

俗语：**痛苦终会过去，快乐即将到来。**

妙语：苦尽甘来终有时，一路向阳待花期。

俗语：**人生有失去，也有得到。**

妙语：手执烟火以谋生，且停且忘且随风。

俗语：**好好爱自己。**

妙语：至此鲜花赠自己，纵马踏花向自由。

俗语：**再不疯狂就老了。**

妙语：且趁闲身未老，尽放我、些子疏狂。

俗语：**拥有一颗平常心。**

妙语：宠辱不惊，看庭前花开花落；去留无意，望天上云卷云舒。

俗语：**心存美好，世界就是美好的。**

妙语：心中若有桃花源，何处不是水云间。

俗语：不要太过于追求完美。

妙语：自古人生最忌满，半贫半富半自安。

俗语：我已经无牵无挂。

妙语：老身今自由。心无疚，随意度春秋。

俗语：放下过去，放眼将来。

妙语：悟已往之不谏，知来者之可追。

俗语：放下过去，向前看。

妙语：心若向阳花自盛开，人若向暖清风徐来。

俗语：我整天忙忙碌碌到底是为了什么呀？

妙语：我问青山几日老，青山问我几时闲。

俗语：一帆风顺。

妙语：两岸猿声啼不住，轻舟已过万重山。

俗语：笑口常开。

妙语：人生自在常如此，何事能妨笑口开？

俗语：把自己的日子过好，比什么都强。

妙语：岁月欢喜一步步，成就人间朝与暮。

俗语：今年是个丰收年。

妙语：稻花香里说丰年，听取蛙声一片。

俗语：留得青山在，不怕没柴烧。

妙语：幸无白刃驱向前，何用将身自弃捐。

俗语：世界那么大，我想去看看。

妙语：天高地阔，欲往观之。

俗语：回不去的故乡。

妙语：人言落日是天涯，望极天涯不见家。

俗语：有缘再见。

妙语：一曲清歌满樽酒，人生何处不相逢。

俗语：十分心宽。

妙语：湖上风恬月淡时，卧看云影入玻璃。

俗语：这就是成长的代价。

妙语：皆是人间惆怅客，岂有岁月可回头。

俗语：一切都过去了。

妙语：从此无心爱良夜，任他明月下西楼。

俗语：**一切都是最好的安排。**

妙语：春有百花秋有月，夏有凉风冬有雪。

俗语：**以后我们互不相识。**

妙语：侯门一入深似海，从此萧郎是路人。

俗语：**要是能回到从前多好。**

妙语：人生若只如初见，何事秋风悲画扇。

俗语：**心里很难过。**

妙语：寻寻觅觅，冷冷清清，凄凄惨惨戚戚。

俗语：**我太难了！**

妙语：屋漏更遭连夜雨，船迟又遇打头风。

俗语：**难受，想哭。**

妙语：问君能有几多愁，恰似一江春水向东流。

俗语：**我的忧愁，没人能懂。**

妙语：山月不知心里事，水风空落眼前花。

俗语：**越长大越孤单。**

妙语：等闲老去年华促，只有江梅伴幽独。

俗语：人心难测。

妙语：千人同茶不同味，万人同道不同心。

俗语：只有经历过才知道。

妙语：不尝世间醋与墨，怎知人间苦与乐。

祝君安，福满人间

俗语：祝你平安。

妙语：彩笔题桐叶，佳句问平安。

俗语：只希望你平安。

妙语：闻道蓬莱殿，千门立马看。

俗语：没什么别的期望，就是希望你平安。

妙语：书尺里，但平安二字，多少深长。

俗语：愿你安安稳稳过一生。

妙语：人无智愚，莫不有趋舍；恬淡平安，莫不知祸福之所由来。

俗语：祝您永远开心自在。

妙语：春风满面笑容开，长似观音自在。

俗语：在这美好的时刻，祝我们健康长寿。

妙语：趁锋车未到，霞觞共祝，百千长寿。

俗语：祝你长命百岁。

妙语：从今把定春风笑，且作人间长寿仙。

俗语：祝身体硬朗，长命百岁。

妙语：如南山之寿，不骞不崩。

俗语：祝你越来越年轻。

妙语：发白复更黑，延年寿命长。

俗语：像神仙一样长寿。

妙语：寿如东王父，西王母仙人。

俗语：愿你永远不老。

妙语：寿同金石，永世难老。

俗语：愿你微笑面对人生。

妙语：一笑出门去，千里落花风。

俗语：祝你比神仙还长寿。

妙语：蟠桃花发一千年。祝长寿、比神仙。

俗语：愿你每一年都这么好。

妙语：愿君千万岁，无岁不逢春。

俗语：**祝您健康长寿。**

妙语：岁岁年年身长健，摆去穷愁醉几杯。

俗语：**祝您身体越来越硬朗。**

妙语：命如南山石，四体康且直。

俗语：**愿您每年都能保持健康的身体。**

妙语：玉颜如练，岁岁长康健。

俗语：**老年生活也很美好。**

妙语：晚霞灿烂落红美，人到花甲正金秋。

俗语：**愿你寿比天长。**

妙语：与天地兮比寿，与日月兮同光。

俗语：**愿你活到一百岁时，依旧身体健康。**

妙语：愿公如卫武，百岁尚康强。

俗语：**希望咱俩身体健康，长长久久。**

妙语：但愿人长久，千里共婵娟。

俗语：祝长寿且青春永驻。

妙语：岁岁春无事，相逢总玉颜。

俗语：希望你生活幸福。

妙语：牵衣儿女，归来欢笑，仍邀同社。

俗语：希望你无忧无虑地过一生。

妙语：斗鸡走犬过一生，天地安危两不知。

俗语：祝团团圆圆，笑口常开。

妙语：池空水月皆圆相，日煖风花总笑容。

俗语：希望明年看见你，你依旧这么年轻。

妙语：今年见，明年重见，春色如人面。

俗语：愿你头发花白也依然精神很好。

妙语：寿远眉毫秀，身康鬓雪稀。

俗语：祝您长寿。

妙语：千山短褐，掬水擎花，为君增祝灵椿。

俗语：**祝新的一年里，平安吉祥。**

妙语：愿保兹善，千载为常。欢笑尽娱，乐哉未央。

俗语：**祝年年都这么开心。**

妙语：岁岁年年，共欢同乐，嘉庆与时新。

俗语：**希望你像个无忧无虑的孩子。**

妙语：时人不识余心乐，将谓偷闲学少年。

俗语：**愿世界和平，人民幸福快乐。**

妙语：愿家家户户，和和顺顺，乐升平世。

俗语：**祝福寿安康，长命百岁。**

妙语：愿郎千万寿，长作主人翁。

俗语：**新年新气象。**

妙语：愿得长如此，年年物候新。

俗语：**愿世界和平，你我身体健康，时常相见。**

妙语：一愿世清平，二愿身强健，三愿临老头，数与君相见。

俗语：希望我的孩子健康快乐地成长。

妙语：惟愿孩儿愚且鲁，无灾无难到公卿。

俗语：愿你成为道德高尚的人。

妙语：愿君学长松，慎勿作桃李。

俗语：愿你笑口常开。

妙语：人生自在常如此，何事能妨笑口开。

俗语：祝你永远年轻。

妙语：朱颜长似，头上花枝，岁岁年年。

俗语：祝身体健康，万事如意。

妙语：从今诸事愿、生如旧，人生强健。

俗语：愿大家在新的一年里充满新意。

妙语：愿除旧妄生新意，端与新年日日新。

俗语：希望你今年比去年好。

妙语：愿新年，胜旧年。

俗语：新年快乐，万事如意。

妙语：愿新春以后，吉吉利利，百事都如意。

俗语：祝你身体健康，长命百岁，子孙满堂。

妙语：如月之恒，如日之升；如南山之寿，不骞不崩；如松柏之茂，无不尔或承。

俗语：祝愿家中的长辈和晚辈都身体健康，时常相伴。

妙语：愿言尊幼俱强健，归著斑衣伴老莱。

俗语：祝你像鹤和龟一样长寿。

妙语：愿此去，等鹤算龟龄，天长地久。

俗语：愿你福、寿、禄三全。

妙语：今朝此日，同祝卿卿，福寿禄星齐转。

俗语：祝你荣华富贵，长命百岁。

妙语：富贵荣华公自有，请歌诗雅祝遐龄，永如松柏如山阜。

俗语：祝你从今往后，年年都如此。

妙语：愿从今后八千年，长似今年，长似今年。

俗语：祝你青春永不老。

妙语：祝公齿发老复少，岁岁不改冰霜颜。

俗语：希望丈夫健康长寿，夫妻俩能够常相伴。

妙语：一愿郎君千岁，二愿妾身常健，三愿如同梁上燕，岁岁长相见。

俗语：祝你活到一千岁。

妙语：祝千龄，借指松椿比寿。

俗语：长了一岁，祝你明年更健康。

妙语：从教一岁大家添，但只要、明年强健。

俗语：祝你头发白了也依然健康，无忧无虑。

妙语：白发老翁身健在，不忧无地度余生。

俗语：祝您有享不尽的福分，长命百岁的身体和美好的名声。

妙语：福与此江无尽，寿与此江俱远，名与此江清。

俗语：祝你吃得好，睡得好，天天开心。

妙语：愿尔康强好眠食，百年欢乐未渠央。

俗语：祝事业顺利，身体健康。

妙语：将相时来作，身健百无忧。

俗语：祝你事事顺心。

妙语：旦逢良辰，顺颂时宜。

俗语：如愿以偿。

妙语：名正言顺，大事可图。

俗语：希望年年都这么快乐。

妙语：愿天上人间，占得欢娱，年年今夜。

俗语：祝团团圆圆，热热闹闹。

妙语：中间坐个弥陀佛，好似群孩戏老陀。

俗语：祝你事事如意。

妙语：人间岁月堂堂去，劝君快上青云路。

俗语：祝愿夫妻和谐美满，享受美好的生活。

妙语：琴瑟在御，莫不静好。

俗语：愿新人的感情深厚持久。

妙语：情深爱永度终身，恩爱夫妻过一生。

俗语：愿新人的婚姻生活美好长久。

妙语：月圆花好道寻常，恩爱夫妻乐永长。

俗语：愿你们一直不分开。

妙语：愿为双飞鸿，百岁不相离。

俗语：祝你们夫妻生活幸福美满。

妙语：白首喜为林下伴，愿从今日到期颐。

俗语：祝你们恩爱百年，心永远在一起。

妙语：百年恩爱双心结，千里姻缘一线牵。

俗语：祝新婚快乐。

妙语：珠帘绣幕蔼祥烟，合卺嘉盟缔百年。

俗语：祝永远恩爱。

妙语：乐此今夕，和鸣凤凰。

俗语：新婚快乐，早生贵子。

妙语：行喜长春宅，兰玉满庭芳。

俗语：祝新郎新娘永远恩爱，互不猜疑。

妙语：结发为夫妻，恩爱两不疑。

俗语：愿我们好好珍惜今夜这美好的时刻。

妙语：欢娱在今夕，嬿婉及良时。

俗语：希望你们幸福美满。

妙语：并蒂莲开映日红，双飞燕子语相同。

俗语：新婚快乐，早生贵子。

妙语：列坐屏轻箑，放怀弦素琴。儿女各冠笄，孙孩绕衣襟。

俗语：祝你好事连连。

妙语：人生佳处只君全。

俗语：祝你考个好成绩。

妙语：一鸣从此始，相望青云端。

俗语：希望咱俩都能飞黄腾达。

妙语：慈恩塔下题名处，十七人中最少年。

俗语：知道你志向不小，祝你梦想成真。

妙语：知君志不小，一举凌鸿鹄。

俗语：**明年你一定能考好。**

妙语：明年此日青云去，却笑人间举子忙。

俗语：**希望你能展翅高飞。**

妙语：希君生羽翼，一化北溟鱼。

俗语：**祝你有更加广阔的前程。**

妙语：此去提衡霄汉上，鹏抟鲲运更论程。

俗语：**祝你考第一名。**

妙语：桃花直透三层浪，桂子高攀第一枝。

俗语：**祝你学有所成。**

妙语：学向勤中得，萤窗万卷书。

俗语：**祝你高考顺利。**

妙语：一朝逸翮乘风势，金榜高张登上第。

俗语：**祝你考上心仪的大学。**

妙语：风吹金榜落凡世，三十三人名字香。

俗语：**你将来一定有出息。**

妙语：愿君移向长林间，他日将来作梁栋。

俗语：**希望你事业有成。**

妙语：愿祝君如此山水，滔滔岌岌风云起。

俗语：**愿你实现远大的理想。**

妙语：霜蹄千里骏，风翮九霄鹏。

俗语：**愿你未来可期。**

妙语：摄衣更上一层楼，才到层霄最上头。

俗语：**祝阖家团圆。**

妙语：爱子心无尽，归家喜及辰。

少年行，意气风发

俗语：不要虚度青春。

妙语：莫等闲，白了少年头，空悲切。

俗语：趁着年轻，要多读书。

妙语：蹉跎莫遣时光老，人生唯有读书好。

俗语：阳光总在风雨后。

妙语：千淘万漉虽辛苦，吹尽狂沙始到金。

俗语：勇往直前，活出自己的精彩。

妙语：一枕清风梦绿萝，人间随处是南柯。

俗语：不变初心。

妙语：愿你千山暮雪海棠依旧，不为岁月惊扰平添忧愁。

俗语：不要停下追求梦想的脚步。

妙语：追风赶月莫停留，平芜尽处是春山。

俗语：是金子总会发光的。

妙语：天不生无用之人，地不长无名之草。

俗语：顶峰相见。

妙语：三十而已三十而立，以梦为马不负韶华。

俗语：拼的就是心态。

妙语：宁坐小窗观浮云，不与他人论是非。

俗语：要有远大的梦想。

妙语：少年当有凌云志，万里长空竞风流。

俗语：曾经说要当第一。

妙语：须知少日拏云志，曾许人间第一流。

俗语：我不会放弃的。

妙语：路漫漫其修远兮，吾将上下而求索。

俗语：为自己加油。

妙语：从此鲜花赠自己，纵马踏花向自由。

俗语：没志向，算什么男子汉。

妙语：男儿不展凌云志，空负天生八尺躯。

俗语：男人要能吃苦。

妙语：要为天下奇男子，须历人间万里程。

俗语：不努力，怎么能成功？

妙语：不经一番寒彻骨，怎得梅花扑鼻香。

俗语：不惹事，也不怕事。

妙语：诚既勇兮又以武，终刚强兮不可凌。

俗语：我要多读书，多学习。

妙语：发奋识遍天下字，立志读尽人间书。

俗语：对自己充满自信。

妙语：恢弘志士之气，不宜妄自菲薄。

俗语：向往自由。

妙语：我愿生两翅，捕逐出八荒。

俗语：年轻人要多锻炼。

妙语：千锤万凿出深山，烈火焚烧若等闲。

俗语：不要绝望，人生处处是希望。

妙语：沉舟侧畔千帆过，病树前头万木春。

俗语：行动起来，才能取得成就。

妙语：功名只向马上取，真是英雄一丈夫。

俗语：要努力变得更好。

妙语：山不厌高，水不厌深。

俗语：别怕，勇敢向前。

妙语：刑天舞干戚，猛志固常在。

俗语：无论何时，不要丢掉原则。

妙语：受屈不改心，然后知君子。

俗语：无论年龄大小，都应积极向上、努力奋斗。

妙语：男儿身手和谁赌，老来猛气还轩举。

俗语：要努力奋斗，不要无所事事。

妙语：壮士怀愤激，安能守虚冲？

俗语：振作起来，别垂头丧气。

妙语：丈夫生世会几时？安能蹀躞垂羽翼！

俗语：只要有能力，不怕得不到重用。

妙语：但令毛羽在，何处不翻飞。

俗语：我没忘记曾立下的誓言。

妙语：有谁知，鬓虽残，心未死。

俗语：人没有理想，跟咸鱼有什么区别？

妙语：有志不在年高，无志空活百岁。

俗语：不管生死，都要做最杰出的人。

妙语：生当作人杰，死亦为鬼雄。

俗语：只要不放弃，就一定能成功。

妙语：野火烧不尽，春风吹又生。

俗语：坚定目标。

妙语：咬定青山不放松，立根原在破岩中。

俗语：经历磨难，才能更强大。

妙语：千磨万击还坚劲，任尔东西南北风。

俗语：少年要有远大的志向，肩负起重大的责任。

妙语：士不可以不弘毅，任重而道远。

俗语：只要全力以赴，就没人能阻挡得了我。

妙语：一卒毕力，百人不当。

俗语：不达目的誓不罢休。

妙语：逆胡未灭心未平，孤剑床头铿有声。

俗语：追寻心中的理想。

妙语：九万里风鹏正举。风休住，蓬舟吹取三山去！

俗语：振兴祖国，是我们每一个人的责任。

妙语：天下兴亡，匹夫有责。

俗语：站得高望得远。

妙语：欲穷千里目，更上一层楼。

俗语：以后会有更好的机会。

妙语：长风破浪会有时，直挂云帆济沧海。

俗语：我才不要做一个“书呆子”。

妙语：宁为百夫长，胜作一书生。

俗语：我不愿意低头示好。

妙语：安能摧眉折腰事权贵，使我不得开心颜。

俗语：学习别人的长处，弥补自己的短处。

妙语：择其善者而从之，其不善者而改之。

俗语：当年我也很努力。

妙语：当年万里觅封侯，匹马戍梁州。

俗语：我心有不甘。

妙语：为何只许春风去，却不许我再少年。

俗语：好男儿志在四方。

妙语：丈夫志四海，万里犹比邻。

俗语：总有一天，我会让你们刮目相看。

妙语：大鹏一日同风起，扶摇直上九万里。

俗语：翻身上岸。

妙语：问君何不乘风起，扶摇直上九万里。

俗语：可否再给我一次机会。

妙语：春风若有怜花意，可否容我再少年。

俗语：拿着书骑着马，飞奔而去。

妙语：陌头车马去翩翩，白面怀书美少年。

俗语：坚持下去，一定能成功。

妙语：志若不移山可改，何愁青史不书功。

俗语：振作起来，别唉声叹气的。

妙语：少年心事当拏云，谁念幽寒坐呜呃。

俗语：心中有梦想的少年。

妙语：鲜衣怒马少年时，不负韶华行且知。

俗语：**立下志向，就不要放弃。**

妙语：匹夫不可夺志也。

俗语：**珍惜时光，享受生活。**

妙语：春衣少年当酒歌，起舞四顾以笑和。

俗语：**无忧无虑的少年。**

妙语：少年不识愁滋味，爱上层楼。

俗语：**我的诗，别人比不上。**

妙语：兴酣落笔摇五岳，诗成笑傲凌沧洲。

俗语：**多出去走走，长长见识。**

妙语：不登高山，不知天之高也；不临深溪，不知地之厚也。

俗语：**自带光环的少年。**

妙语：少年自当扶摇上，揽星衔月逐日先。

俗语：**英武壮志的将军。**

妙语：马作的卢飞快，弓如霹雳弦惊。

俗语：骑着白马，飞驰而过。

妙语：银鞍照白马，飒沓如流星。

俗语：要成功，就得经历磨难。

妙语：宝剑锋从磨砺出，梅花香自苦寒来。

俗语：少年英雄，满腔热血。

妙语：季子正年少，匹马黑貂裘。

俗语：坚持就是胜利。

妙语：锲而舍之，朽木不折；锲而不舍，金石可镂。

俗语：我命由我不由天。

妙语：歌曰人定兮胜天，半壁久无胡日月。

俗语：男人就要有大志向。

妙语：丈夫清万里，谁能扫一室。

俗语：只要努力，一切皆有可能。

妙语：只要功夫深，铁杵磨成针。

俗语：目标、能力、坚持，成功三要素。

妙语：古之立大事者，不惟有超世之才，亦必有坚忍不拔之志。

俗语：今天的努力成就明天。

妙语：古人学问无遗力，少壮工夫老始成。

俗语：女孩子很厉害。

妙语：休言女子非英物，夜夜龙泉壁上鸣。

俗语：多读书，树立远大志向。

妙语：自小多才学，平生志气高。

俗语：即便是普通人，只要努力也能实现理想。

妙语：即今江海一归客，他日云霄万里人。

俗语：没钱，但精神富有。

妙语：自古圣贤尽贫贱，何况我辈孤且直！

俗语：做好自己就好。

妙语：一人难顺百人意，百人难顺一人心。

俗语：多跟他人学习。

妙语：三人行，必有我师焉。

俗语：别光说，行动起来。

妙语：清谈可以饱，梦想接无由。

俗语：突然想开了。

妙语：我有迷魂招不得，雄鸡一声天下白。

俗语：年少有为。

妙语：画凌烟，上甘泉。自古功名属少年。

俗语：渴望建功立业。

妙语：会挽雕弓如满月，西北望，射天狼。

俗语：穷得很有志气。

妙语：穷且益坚，不坠青云之志。

俗语：光明磊落，慷慨赴死。

妙语：我自横刀向天笑，去留肝胆两昆仑。

俗语：男子汉大丈夫应保卫祖国。

妙语：男儿何不带吴钩，收取关山五十州。

俗语：重振旗鼓，继续向前。

妙语：雄关漫道真如铁，而今迈步从头越。

俗语：每个人都有自己的价值。

妙语：天生我材必有用，千金散尽还复来。

俗语：讲义气守信用。

妙语：立谈中，死生同。一诺千金重。

俗语：满怀自信，理想远大。

妙语：恰同学少年，风华正茂，书生意气，挥斥方遒。

俗语：这些年我付出很多。

妙语：三十功名尘与土，八千里路云和月。

俗语：不怕困难。

妙语：少年恃险若平地，独倚长剑凌清秋。

俗语：保家卫国。

妙语：了却君王天下事，赢得生前身后名。

俗语：大不了从头再来。

妙语：江东子弟多才俊，卷土重来未可知。

俗语：**打不败敌人不回家。**

妙语：黄沙百战穿金甲，不破楼兰终不还。

俗语：**我爱我的国家，所以不怕死。**

妙语：人生自古谁无死，留取丹心照汗青。

俗语：**守卫国家，思念家乡。**

妙语：一寸丹心图报国，两行清泪为思亲。

俗语：**人生最风光的时刻。**

妙语：春风得意马蹄疾，一日看尽长安花。

俗语：**意气风发的少年。**

妙语：五陵年少金市东，银鞍白马度春风。

俗语：**做人要有格局。**

妙语：于高山之巅，方见大河奔涌。

俗语：**骑马飞驰的少年。**

妙语：白马饰金羁，连翩西北驰。

俗语：**勇敢且有志气的少年。**

妙语：少年意气强不羁，虎胁插翼白日飞。

俗语：**威震八方。**

妙语：满堂花醉三千客，一剑霜寒十四州。

俗语：**不在乎得与失。**

妙语：可有，可无，可去，可留，取舍之间，便是人生。

俗语：**困难总会过去。**

妙语：水到绝处是风景，人到绝境是重生。

俗语：**武艺高强。**

妙语：十步杀一人，千里不留行。

俗语：**默默努力，惊艳众人。**

妙语：不飞则已，一飞冲天，不鸣则已，一鸣惊人。

俗语：**这些人，我都不放在眼里。**

妙语：诗万首，酒千觞，几曾着眼看侯王。

俗语：**放荡不羁爱自由。**

妙语：白云满地江湖阔，著我逍遥自在行。

俗语：**我就是最棒的。**

妙语：何须浅碧深红色，自是花中第一流。

俗语：**珍惜时间，努力追梦。**

妙语：日月纷纷车走坂，少年意气何由挽。

俗语：**遇见更好的自己。**

妙语：山重水复疑无路，柳暗花明又一村。

俗语：**豪爽仗义的少年。**

妙语：长安少年游侠客，夜上戍楼看太白。

俗语：**别抱怨，努力改变。**

妙语：老当益壮，宁移白首之心；穷且益坚，不坠青云之志。

俗语：**我要让看不起我的人仰视我。**

妙语：几人平地上，看我碧霄中。

俗语：**我就是最强的。**

妙语：海到无边天作岸，山登绝顶我为峰。

俗语：**努力实现愿望。**

妙语：我欲乘风去，击楫誓中流。

俗语：**我要站到最高处。**

妙语：不畏浮云遮望眼，自缘身在最高层。

俗语：**胸怀大志，发愤图强。**

妙语：少年负壮气，奋烈自有时。

俗语：**知耻而后勇。**

妙语：知不足而奋进，望远山而前行。

俗语：**一个人，就是一支队伍。**

妙语：一身转战三千里，一剑曾当百万师。

俗语：**我们各自努力。**

妙语：于道各努力，千里自同风。

俗语：**大显身手。**

妙语：男儿到死心如铁，看试手，补天裂。

俗语：**不要看不起我。**

妙语：仰天大笑出门去，我辈岂是蓬蒿人。

俗语：**不抛弃，不放弃。**

妙语：亦余心之所善兮，虽九死其犹未悔。

俗语：**总会变好的。**

妙语：潮平两岸阔，风正一帆悬。

俗语：**总会找到办法的。**

妙语：山高自有客行路，水深自有渡船人。

俗语：**学习不能偷懒。**

妙语：三日不读，口生荆棘；三日不弹，手生荆棘。

俗语：**好好努力，直到成功。**

妙语：百尺竿头须进步，十方世界是全身。

俗语：**与你无关。**

妙语：旁观拍手笑疏狂，疏又何妨，狂又何妨。

俗语：**喝了这杯酒，咱俩就各奔天涯了。**

妙语：飞蓬各自远，且尽手中杯。

俗语：**我酒醒了，你人走了。**

妙语：日暮酒醒人已远，满天风雨下西楼。

围炉夜，酒暖人心

俗语：喝多了，就没有忧愁了。

妙语：醉里且贪欢笑，要愁那得工夫。

俗语：喝多了，不知道在哪。

妙语：醉后不知天在水，满船清梦压星河。

俗语：边喝酒边聊天。

妙语：草草杯盘共笑语，昏昏灯火话平生。

俗语：喝着酒，沉醉在山水之间。

妙语：我来携酒醉其下，卧看千峰秋月明。

俗语：只喝酒，不谈论别的。

妙语：百事尽除去，唯余酒与诗。

俗语：开开心心去喝酒。

妙语：落花踏尽游何处，笑入胡姬酒肆中。

俗语：只有喝酒，才能让我忘记烦恼。

妙语：何以解忧，唯有杜康。

俗语：越喝酒，心里越难过。

妙语：抽刀断水水更流，举杯消愁愁更愁。

俗语：我喜欢喝酒。

妙语：本是青灯不归客，却因浊酒恋红尘。

俗语：喝酒，别想那些烦心事。

妙语：莫思身外无穷事，且尽生前有限杯。

俗语：我哪都不想去，只想在这喝酒。

妙语：玉楼金阙慵归去，且插梅花醉洛阳。

俗语：我想过简单悠闲的生活。

妙语：几时归去，作个闲人。对一张琴，一壶酒，一溪云。

俗语：先喝酒吧，别想那么多。

妙语：且乐生前一杯酒，何须身后千载名。

俗语：带上好酒，一起出去玩儿。

妙语：置酒高殿上，亲交从我游。

俗语：不醉不归。

妙语：一生大笑能几回，斗酒相逢须醉倒。

俗语：一切尽在酒中。

妙语：秋风倦客，一杯情话，为君倾倒。

俗语：一边喝酒，一边听我跟你聊聊。

妙语：一樽酒，黄河侧；无限事，从头说。

俗语：我一人饮酒醉。

妙语：花间一壶酒，独酌无相亲。

俗语：喝醉了，忘了自己是谁。

妙语：醉里不知谁是我，非月非云非鹤。

俗语：夕阳下喝酒。

妙语：为君持酒劝斜阳，且向花间留晚照。

俗语：喝着酒，钓着鱼，真悠闲。

妙语：一壶酒，一竿身，快活如侬有几人。

俗语：我太忙了，羡慕别人有时间喝酒。

妙语：此时却羡闲人醉，五马无由入酒家。

俗语：快去给我买酒，继续陪我喝。

妙语：五花马、千金裘，呼儿将出换美酒，与尔同销万古愁。

俗语：出来喝一杯。

妙语：晚来天欲雪，能饮一杯无？

俗语：摆上酒菜，送别朋友。

妙语：中军置酒饮归客，胡琴琵琶与羌笛。

俗语：我老了，照样能喝。

妙语：酒酣胸胆尚开张，鬓微霜，又何妨！

俗语：江南的酒好，歌也好。

妙语：江南好，千钟美酒，一曲满庭芳。

俗语：听了你的话，很激动，干杯！

妙语：今日听君歌一曲，暂凭杯酒长精神。

俗语：**自在地喝着酒。**

妙语：花满渚，酒满瓯，万顷波中得自由。

俗语：**好不容易见面，多喝点儿。**

妙语：相逢莫厌醉金杯，别离多，欢会少。

俗语：**今天就痛快地喝酒，别提明天的事。**

妙语：劝君今夜须沉醉，尊前莫话明朝事。

俗语：**人在得意的时候，就要尽情欢乐。**

妙语：人生得意须尽欢，莫使金樽空对月。

俗语：**睡了一觉，酒还没醒。**

妙语：昨夜雨疏风骤，浓睡不消残酒。

俗语：**坐在院子里喝酒聊天。**

妙语：开轩面场圃，把酒话桑麻。

俗语：**你什么时候来找我喝酒？**

妙语：何当载酒来，共醉重阳节。

俗语：**太高兴了，喝两杯。**

妙语：白日放歌须纵酒，青春作伴好还乡。

俗语：**咱俩总有说不完的话。**

妙语：酒逢知己千杯少，话不投机半句多。

俗语：**喝杯酒吧，安慰下自己。**

妙语：我有一瓢酒，可以慰风尘。

俗语：**没心情喝酒。**

妙语：无酒无诗情绪，欲梅欲雪天时。

俗语：**这里卖酒的店铺很多。**

妙语：万里桥边多酒家，游人爱向谁家宿。

俗语：**坐在暖炉边，尝尝新酿的酒。**

妙语：绿蚁新醅酒，红泥小火炉。

俗语：**爱喝酒很正常。**

妙语：地若不爱酒，地应无酒泉。

俗语：**我喝多了想睡会儿，你明天再来。**

妙语：我醉欲眠卿且去，明朝有意抱琴来。

俗语：**别心疼喝酒的钱。**

妙语：人生不得长少年，莫惜床头沽酒钱。

俗语：**喝着酒，听着歌。**

妙语：春日宴，绿酒一杯歌一遍。

俗语：**花开时节，我们一起喝酒。**

妙语：花时同醉破春愁，醉折花枝作酒筹。

俗语：**日子悠闲，酿酒喝茶。**

妙语：山中何事？松花酿酒，春水煎茶。

俗语：**希望每次喝酒时，都能有这么好的月色。**

妙语：唯愿当歌对酒时，月光长照金樽里。

俗语：**愁啊，喝了不少酒。**

妙语：穷愁千万端，美酒三百杯。

俗语：**风把我的酒吹醒了。**

妙语：料峭春风吹酒醒，微冷，山头斜照却相迎。

俗语：**谁能陪我喝杯酒，说说烦心事？**

妙语：何人把酒慰深幽，开自无聊落更愁。

俗语：**去年也是这个时候，一边喝酒一边听歌。**

妙语：一曲新词酒一杯，去年天气旧亭台。

俗语：**难得相聚，边喝边聊。**

妙语：把酒祝东风，且共从容。

俗语：**吃着螃蟹，喝着酒。**

妙语：蟹黄旋擘馋涎堕，酒渌初倾老眼明。

俗语：**喝了点儿酒，一觉睡到大天亮。**

妙语：醉来方欲卧，不觉晓鸡鸣。

俗语：**这酒不错，环境也不错。**

妙语：烹龙炮凤玉脂泣，罗帏绣幕围香风。

俗语：酒量不行。

妙语：绿酒初尝人易醉，一枕小窗浓睡。

俗语：喝了酒，想你想到哭。

妙语：明月楼高休独倚，酒入愁肠，化作相思泪。

俗语：这酒不容易醉。

妙语：鲁酒不可醉，齐歌空复情。

俗语：喝酒是其次，主要是看风景。

妙语：醉翁之意不在酒，在乎山水之间也。

俗语：难得见面，开心点儿。

妙语：一壶浊酒喜相逢。古今多少事，都付笑谈中。

俗语：谁能像他一样自在？

妙语：谁似濮阳公子贤，饮酒食肉自得仙。

俗语：正喝着酒时，听到了一个坏消息。

妙语：三杯两盏淡酒，怎敌他，晚来风急。

俗语：**喝着酒，想家了。**

妙语：浊酒一杯家万里，燕然未勒归无计。

俗语：**大好时光，我一个人喝酒。**

妙语：春江花朝秋月夜，往往取酒还独倾。

俗语：**这酒不经喝。**

妙语：山城酒薄不堪饮，劝君且吸杯中月。

俗语：**别愁，喝酒。**

妙语：人生达命岂暇愁，且饮美酒登高楼。

俗语：**咱俩很有共同语言。**

妙语：相逢意气为君饮，系马高楼垂柳边。

俗语：**想起咱俩以前一起喝酒的时光。**

妙语：桃李春风一杯酒，江湖夜雨十年灯。

俗语：**这酒值钱。**

妙语：金樽清酒斗十千，玉盘珍羞直万钱。

俗语：**不醉不归。**

妙语：钟鼓馔玉不足贵，但愿长醉不复醒。

俗语：**正喝得开心呢，工作来了。**

妙语：葡萄美酒夜光杯，欲饮琵琶马上催。

俗语：**吃饱喝足了。**

妙语：食饱心自若，酒酣气益振。

俗语：**哪里有卖酒的？**

妙语：借问酒家何处有？牧童遥指杏花村。

俗语：**我一个人对着月亮喝酒。**

妙语：举杯邀明月，对影成三人。

俗语：**喝多了，撒酒疯。**

妙语：长醉后方何碍，不醒时有甚思。

俗语：**将痛苦一饮而尽。**

妙语：举觞酹先酒，为我驱忧烦。

俗语：喝了一杯又一杯。

妙语：两人对酌山花开，一杯一杯复一杯。

俗语：敬你一杯，安慰你受伤的心灵。

妙语：酌酒与君君自宽，人情翻覆似波澜。

俗语：喝多了想睡一会儿，口渴了想喝点儿茶。

妙语：酒困路长惟欲睡，日高人渴漫思茶。

俗语：喝了很多酒，读了很多书。

妙语：腹中书万卷，身外酒千杯。

俗语：半夜酒醒了，听着外面的雨声。

妙语：三更酒醒残灯在，卧听潇潇雨打蓬。

俗语：别贪财，别喝太多酒。

妙语：勿贪意外之财，勿饮过量之酒。

俗语：喝多了，暂时忘了烦心事。

妙语：酒后高歌且放狂，门前闲事莫思量。

友之情，温暖如春

俗语：等了很久，朋友还没来。

妙语：有约不来过夜半，闲敲棋子落灯花。

俗语：我的朋友很想我。

妙语：古人早晚上高台，赠我江南春色、一枝梅。

俗语：希望咱们能够常聚。

妙语：但愿长年，故人相与，春朝秋夕。

俗语：和好朋友坐在树下喝酒聊天。

妙语：相逢意气为君饮，系马高楼垂柳边。

俗语：朋友请我吃饭。

妙语：故人具鸡黍，邀我至田家。

俗语：咱俩感情深厚。

妙语：桃花潭水深千尺，不及汪伦送我情。

俗语：只要咱俩感情好，离得远也没关系。

妙语：海内存知己，天涯若比邻。

俗语：送你一枝花，表达我对你的思念。

妙语：江南无所有，聊赠一枝春。

俗语：愿你一切安好。

妙语：此时相望不相闻，愿逐月华流照君。

俗语：咱俩分开十年了。

妙语：浮云一别后，流水十年间。

俗语：相聚又分离。

妙语：人有悲欢离合，月有阴晴圆缺，此事古难全。

俗语：到时候咱们又分开了。

妙语：若待明朝风雨过，人在天涯！春在天涯。

俗语：朋友来看我了，很开心。

妙语：忽闻梅福来相访，笑著荷衣出草堂。

俗语：打开大门迎接你。

妙语：花径不曾缘客扫，蓬门今始为君开。

俗语：没事，我等你。

妙语：晚风几许撩人意，清茶等风也等你。

俗语：朋友，不知道你又要去哪？

妙语：浮云游子意，落日故人情。

俗语：希望咱俩永远这么好。

妙语：如花似叶，岁岁年年，共占春风。

俗语：你来我梦里，是知道我想你了吗？

妙语：故人入我梦，明我长相忆。

俗语：什么时候还能再见到你？

妙语：千山与万水，何处更逢君。

俗语：思念我那千里之外的朋友。

妙语：白云千里万里，明月前溪后溪。

俗语：你走后，我心里空荡荡的。

妙语：同心一人去，坐觉长安空。

俗语：我们经常出现在对方的梦里。

妙语：无论去与住，俱是梦中人。

俗语：你现在心情怎么样？

妙语：凉风起天末，君子意如何。

俗语：想念那些曾经一起玩耍的朋友。

妙语：琴诗酒伴皆抛我，雪月花时最忆君。

俗语：**你多吃点儿饭，等到桂花开的时候，我们再见。**

妙语：凭寄语，劝加餐。桂花时节约重还。

俗语：**希望今后能够常常见到你。**

妙语：但使残年饱吃饭，只愿无事常相见。

俗语：**希望我能为你带来温暖。**

妙语：愿如风有信，长与日俱中。

俗语：**说不定我们很快又会遇到。**

妙语：莫恨明朝又离索，人生何处不匆匆。

俗语：**我担心我们不再是好朋友了。**

妙语：一日心期千劫在，后身缘，恐结他生里。

俗语：**你一个人多孤单呀！**

妙语：故人相望若为情。别愁深夜雨，孤影小窗灯。

俗语：**有你在身边真好。**

妙语：我见君来，顿觉吾庐，溪山美哉。

俗语：**多年的好朋友，情谊深厚。**

妙语：我与先生，夙期已久，人间无此。

俗语：**我们的感情无法用金钱衡量。**

妙语：行来北凉岁月深，感君贵义轻黄金。

俗语：**年少时，我有很多好朋友。**

妙语：少年侠气，交结五都雄。

俗语：**我的朋友没心没肺。**

妙语：虽无刎颈交，却有忘机友。

俗语：**这次分开，不知道什么时候再见。**

妙语：数人世相逢，百年欢笑，能得几回又。

俗语：**你在哪里，我的心就跟到哪里。**

妙语：思君若汶水，浩荡寄南征。

俗语：**各自努力，一同登顶。**

妙语：于道各努力，千里自同风。

俗语：**等退休了，咱俩当邻居。**

妙语：皇恩若许归田去，晚岁当为邻舍翁。

俗语：**等你发达了，可别忘了我。**

妙语：从此应多好消息，莫忘江上一闲人。

俗语：懂我的人，不需要解释。

妙语：知我者，谓我心忧；不知我者，谓我何求。

俗语：友情是世界上最真挚的情感。

妙语：任说天长海影沈，友朋情比未为深。

俗语：再见到你，真的好开心。

妙语：故人相见似河清，恰逢梅柳动，高兴逐春生。

俗语：只要我们心在一起，离得再远也没关系。

妙语：相知无远近，万里尚为邻。

俗语：友谊天长地久。

妙语：岁晚青山路，白首期同归。

俗语：你能来看我，我太感动了。

妙语：古路无行客，寒山独见君。

俗语：明年你不在这儿了，谁来陪我呀？

妙语：可惜明年花更好，知与谁同？

俗语：只希望你平平安安。

妙语：季子平安否？便归来，平生万事，那堪回首？

俗语：重阳节的时候，我还来你家做客。

妙语：待到重阳日，还来就菊花。

俗语：友谊长存。

妙语：愿岁并谢，与长友兮。

俗语：不知道什么时候能与你重逢。

妙语：与君相遇知何处，两叶浮萍大海中。

俗语：什么时候能一起坐坐，喝喝酒，聊聊天。

妙语：何时一樽酒，重与细论文。

俗语：我们人虽然不在一起，但心在一起。

妙语：故交在天末，心知复千里。

俗语：送你离开，十分不舍。

妙语：送君归去愁肠断，白发相送无多言。

俗语：**不放心你，舍不得与你分别。**

妙语：日暮征帆何处泊，天涯一望断人肠。

俗语：**看着你离开，心里好难过。**

妙语：一看肠一断，好去莫回头。

俗语：**离别的时候，忍不住哭泣。**

妙语：相送情无限，沾襟比散丝。

俗语：**在笛声中，我们去往不同的地方。**

妙语：数声风笛离亭晚，君向潇湘我向秦。

俗语：**你的身影消失在大雪中。**

妙语：山回路转不见君，雪上空留马行处。

俗语：**朋友，永别了。**

妙语：向河梁、回头万里，故人长绝。

俗语：**不知道什么时候能再见。**

妙语：后会不知何处是，烟浪远，暮云重。

俗语：**人生最痛苦的，就是与你分别。**

妙语：月有盈亏花有开谢，想人生最苦离别。

俗语：匆匆见一面，又要分开。

妙语：正是相逢不下马，从今各自奔前程。

俗语：咱俩分开的时间太长了。

妙语：请君看取东流水，方识人间别意长。

俗语：你这么有才，不愁没朋友。

妙语：莫愁前路无知己，天下谁人不识君。

俗语：心事无从倾诉。

妙语：欲将心事付瑶琴。知音少，弦断有谁听。

俗语：再喝一杯吧，到时候就没有朋友陪你喝酒了。

妙语：劝君更尽一杯酒，西出阳关无故人。

俗语：我读书少，你不要骗我。

妙语：君莫欺我不识字，人间安得有此事。

俗语：此时此刻，我们看着同一个月亮。

妙语：海上生明月，天涯共此时。

俗语：离别后相逢。

妙语：一曲清歌满樽酒，人生何处不相逢。

俗语：又见到你了，我不是在做梦吧。

妙语：乍见翻疑梦，相悲各问年。

俗语：有说不完的话。

妙语：别来沧海事，语罢暮天钟。

俗语：能和你说会儿话，真不容易。

妙语：今夕复何夕，共此灯烛光。

俗语：有十年没见了。

妙语：十年曾一别，征路此相逢。

俗语：你要照顾好自己。

妙语：愿你岁月无波澜，敬我余生不悲欢。

俗语：你过得好吗？

妙语：别半岁音书绝，一寸离肠千万结。

俗语：你走了，我也老了。

妙语：君埋泉下泥销骨，我寄人间雪满头。

俗语：朋友，你在哪里潇洒呢？

妙语：二十四桥明月夜，玉人何处教吹箫。

俗语：我心里一直挂念着你。

妙语：我寄愁心与明月，随君直到夜郎西。

俗语：中秋节了，我想你了。

妙语：今夜月明人尽望，不知秋思落谁家。

俗语：坐在书房里想你。

妙语：寂寞书斋里，终朝独尔思。

俗语：别睡了，出来玩儿。

妙语：昼短苦夜长，何不秉烛游！

赞君才，诗意飞扬

俗语：你太有气质了。

妙语： 粗缯大布裹生涯，腹有诗书气自华。

俗语：你好帅呀！

妙语： 陌上人如玉，公子世无双。

俗语：男的帅，女的美，真是令人羡慕。

妙语： 天生才子配佳人，只羡鸳鸯不羡仙。

俗语：全天下都知道你人品好。

妙语： 高山安可仰，徒此揖清芬。

俗语：你这么有才，我可太喜欢你了。

妙语： 吾爱孟夫子，风流天下闻。

俗语：长江后浪推前浪。

妙语： 桐花万里丹山路，雏凤清于老凤声。

俗语：妹妹好漂亮。

妙语： 娉娉袅袅十三余，豆蔻梢头二月初。

俗语：有才华的潇洒美少年。

妙语： 高才美少年，为吏即神仙。

俗语：气度不凡。

妙语：我愿君子气，散为青松栽。

俗语：风度翩翩有才华。

妙语：积石有玉，列松如翠。郎艳独绝，世无其二。

俗语：温柔。

妙语：言念君子，温其如玉。

俗语：人长得帅，人品还好。

妙语：青袍美少年，黄绶一神仙。

俗语：风流倜傥。

妙语：宗之潇洒美少年，举觞白眼望青天，皎如玉树临风前。

俗语：不仅人帅，脑子还好使。

妙语：翩翩我公子，机巧忽若神。

俗语：你实在太优秀了。

妙语：不是逢人苦誉君，亦狂亦侠亦温文。

俗语： **你太有才了。**

妙语： 莫君江南佳公子，才华秀拔春兰馥。

俗语： **英姿飒爽。**

妙语： 翩翩马上带双鞭，宝剑珠袍美少年。番直每从双阙下，射雕常在万人先。

俗语： **太帅了！**

妙语： 白玉谁家郎，回车渡天津。看花东陌上，惊动洛阳人。

俗语： **你真了不起。**

妙语： 已见风姿美，仍闻艺业勤。清秋上国路，白皙少年人。

俗语： **你不是一般人。**

妙语： 张子美少年，濯濯春月柳。

俗语： **人间极品。**

妙语： 算一生绕遍，瑶阶玉树，如君样，人间少。

俗语： **没人比你强。**

妙语： 谁人得似张公子，千首诗轻万户侯。

俗语：**骑马的美少年。**

妙语：绿发青衫美少年，追风一抹紫鸾鞭。

俗语：**人品好，有学问，还善良。**

妙语：有匪君子，如切如磋，如琢如磨。

俗语：**书读得多，文章写得好。**

妙语：退笔如山未足珍，读书万卷始通神。

俗语：**你就像画里的人。**

妙语：公子只应见画，此中我独知津。

俗语：**皮肤白，眼睛大。**

妙语：面如凝脂，眼如点漆，此神仙中人。

俗语：**笑容迷人。**

妙语：巧笑倩兮，美目盼兮。

俗语：**眼睛明亮，手指细长。**

妙语：双眸剪秋水，十指剥春葱。

俗语：**你比我帅。**

妙语：珠玉在侧，觉我形秽！

俗语：**心灵手巧，长得漂亮。**

妙语：心较比干多一窍，病如西子胜三分。

俗语：**你比花儿还美。**

妙语：芙蓉不及美人妆，水殿风来珠翠香。

俗语：**才貌双全的女人。**

妙语：锦江滑腻蛾眉秀，幻出文君与薛涛。

俗语：**你真贤惠。**

妙语：有妇谁能似尔贤，文章操行美俱全。

俗语：**你真勤快。**

妙语：昼夜勤作息，伶俜萦苦辛。

俗语：**没人比你美。**

妙语：秀色掩今古，荷花羞玉颜。

俗语：**素颜都这么美。**

妙语：清水出芙蓉，天然去雕饰。

俗语：**身材真好。**

妙语：翩若惊鸿，婉若游龙。

俗语：**皮肤真白。**

妙语：垆边人似月，皓腕凝霜雪。

俗语：**长得太美了。**

妙语：一顾倾人城，再顾倾人国。

俗语：**气质真好。**

妙语：顾盼遗光彩，长啸气若兰。

俗语：**花儿都不如你美丽。**

妙语：蛾眉绝世不可寻，能使花羞在上林。

俗语：**长得真贵气。**

妙语：云间贵公子，玉骨秀横秋。

俗语：**个子挺拔，笑容好看。**

妙语：立如芝兰玉树，笑如朗月入怀。

俗语：**有气质，有才华。**

妙语：气质美如兰，才华馥比仙。

俗语：**举止潇洒，气度不凡。**

妙语：翩翩佳公子，逸气凌青云。

俗语：很荣幸认识你。

妙语：万人丛中一握手，使我衣袖三年香。

俗语：文采真好。

妙语：落笔惊风雨，诗成泣鬼神。

俗语：这首歌真好听呀！

妙语：此曲只应天上有，人间能得几回闻。

俗语：文章写得真好。

妙语：言语巧偷鹦鹉舌，文章分得凤凰毛。

俗语：容貌美丽的女子。

妙语：倾国倾城，非花非雾，春风十里独步。

俗语：像仙女一样好看。

妙语：若非群玉山头见，会向瑶台月下逢。

俗语：这世间没有比你还美的女子了。

妙语：上古既无，世所未见，瑰姿玮态，不可胜赞。

俗语：你身上好香。

妙语：陌上归来少年郎，满身兰麝扑人香。

俗语：**你父母知道你这么有才华吗？**

妙语：腰中雄剑长三尺，君家严慈知不知。

俗语：**您是一个品德高尚的人。**

妙语：云山苍苍，江水泱泱。先生之风，山高水长。

俗语：**你一定会有出息的。**

妙语：我觉君非池中物，咫尺蛟龙云雨。

俗语：**那个少年好帅呀！**

妙语：春日游，杏花吹满头。陌上谁家年少，足风流。

俗语：**眉眼真好看。**

妙语：水是眼波横，山是眉峰聚。

俗语：**眼睛明亮。**

妙语：千斛明珠觉未多。

俗语：**笑起来真好看！**

妙语：眉目艳皎月，一笑倾城欢。

俗语：**脸色红润万人迷。**

妙语：波湛横眸，霞分腻脸。盈盈笑动笼香靥。

俗语：化个淡妆很漂亮。

妙语：宝髻松松挽就，铅华淡淡妆成。

俗语：除了你以外，还没人能配得上这身衣服。

妙语：除却君身三尺雪，天下谁人配白衣。

俗语：气质不俗的女孩儿。

妙语：北方有佳人，遗世而独立。

爱之语，古韵含香

俗语：早上好。

妙语：晨辉晓露，蔚然醒来。虽未同起，但求同心。

俗语：晚上好。

妙语：山河已暮，时已寝安。虽不同枕，但求同梦。

俗语：确认过眼神，我遇上对的人。

妙语：只缘感君一回顾，使我思君朝与暮。

俗语：幸福美满一辈子。

妙语：宜言饮酒，与子偕老。琴瑟在御，莫不静好。

俗语：白头偕老。

妙语：愿得一心人，白头不相离。

俗语：我想和你朝夕相伴。

妙语：时光静好，与君语；细水长流，与君同；繁华落尽，与君老。

俗语：想和你永远在一起。

妙语：朝暮不依长相思，白首不离长相守。

俗语：**你在我心里是最好的。**

妙语：识尽千千万万人，终不似，伊家好。

俗语：**我只爱你一人。**

妙语：人间纵有百媚千红，唯独你是情之所钟。

俗语：**我只喜欢你。**

妙语：此心昭昭若明月，千山历行，向你独行。

俗语：**我的眼中只有你。**

妙语：入目无别人，四下皆是你。

俗语：**远远地看见她，就被吸引了。**

妙语：落花人独立，微雨燕双飞。

俗语：**我只为你心动。**

妙语：一城烟雨一楼台，一花只为一树开。

俗语：**你是我遇到的人里最好的。**

妙语：春风十里扬州路，卷上珠帘总不如。

俗语：**我愿意守护你一辈子。**

妙语：为你明灯三千，为你花开满城。

俗语：认识你，真好。

妙语：幸得识卿桃花面，从此阡陌多暖春。

俗语：我只想把最好的给你。

妙语：我愿提笔画尽天下，许你一世繁华。

俗语：这辈子我只要你。

妙语：既许一人以偏爱，愿尽余生之慷慨。

俗语：珍惜眼前人。

妙语：满目山河空念远，不如怜取眼前人。

俗语：我们结婚吧。

妙语：愿有岁月可回首，且以深情共白头。

俗语：很幸运遇见你。

妙语：金风玉露一相逢，便胜却人间无数。

俗语：只要咱们心意相通，就什么都不怕。

妙语：但使两心相照，无灯无月何妨。

俗语：人不在一起，但心在一起。

妙语：花不尽，月无穷，两心同。

俗语：不求结果，只求现在在一起。

妙语：不求与君共相守，只愿伴君天涯路。

俗语：时时刻刻都想和你在一起。

妙语：云鬓花颜金步摇，芙蓉帐暖度春宵。

俗语：没想到我动了真情。

妙语：情如风雪无常，却是一动即殇。

俗语：希望咱俩心意相通。

妙语：只愿君心似我心，定不负相思意。

俗语：看见你，很开心。

妙语：既见君子，云胡不喜。

俗语：永远快乐，情义绵长。

妙语：长乐未央，长毋相忘。

俗语：我愿在我们的爱中老去，就算是神仙我也不羡慕。

妙语：愿此生终老温柔，白云不羡仙乡。

俗语：看着你的笑脸，我的内心满是柔情。

妙语：脸慢笑盈盈，相看无限情。

俗语：**能遇见你太幸运了。**

妙语：白头并非雪可替，相识已是上上签。

俗语：**你在我眼中就是最好的。**

妙语：春水初生，春林初盛，春风十里，不如你。

俗语：**好好吃饭，我想你了。**

妙语：上言加餐饭，下言长相忆。

俗语：**我想你了，什么时候能见到你。**

妙语：相思相见知何日，此时此夜难为情。

俗语：**一天想你千百遍。**

妙语：一日不思量，也攒眉千度。

俗语：**想你想得一晚没睡。**

妙语：相思一夜梅花发，忽到窗前疑是君。

俗语：**想你想哭了。**

妙语：红豆不堪看，满眼相思泪。

俗语：让风带走我的思念。

妙语：海水梦悠悠，君愁我亦愁。南风知我意，吹梦到西洲。

俗语：我想和你相伴一生。

妙语：何时杖尔看南雪，我与梅花两白头。

俗语：爱的人就在眼前。

妙语：海底月是天上月，眼前人是心上人。

俗语：我又梦见你了。

妙语：无论去与往，俱是梦中人。

俗语：我想你，但不敢说。

妙语：沅有芷兮澧有兰，思公子兮未敢言。

俗语：你知道我有多想你吗？

妙语：谁教岁岁红莲夜，两处沉吟各自知。

俗语：**你不知道我有多想你。**

妙语：换我心，为你心，始知相忆深。

俗语：**找了好久，一回头，看到了他。**

妙语：众里寻他千百度，蓦然回首，那人却在，灯火阑珊处。

俗语：**心里有好多话想说，却不知怎么开口。**

妙语：相逢欲相唤，脉脉不能语。

俗语：**最美的季节遇到你。**

妙语：正是江南好风景，落花时节又逢君。

俗语：**你真特别。**

妙语：我见众生皆草木，唯独见你是青山。

俗语：**她真美。**

妙语：云想衣裳花想容，春风拂槛露华浓。

俗语：**我好想你！**

妙语：此情无计可消除，才下眉头，却上心头。

俗语：如果你是我，就能明白我的思念有多深。

妙语：入我相思门，知我相思苦。

俗语：我想你想得人都瘦了。

妙语：莫道不销魂，帘卷西风，人比黄花瘦。

俗语：从早到晚都在想你。

妙语：晓看天色暮看云，行也思君，坐也思君。

俗语：我想你，却见不到你。

妙语：山河远阔，人间星河，无一是你，无一不是你。

俗语：我一直忘不了你。

妙语：十年生死两茫茫，不思量，自难忘。

俗语：喝着酒，想着你。

妙语：明月楼高休独倚，酒入愁肠，化作相思泪。

俗语：我想你。

妙语：落日一点如红豆，已把相思写满天。

俗语：我想你了。

妙语：玲珑骰子安红豆，入骨相思知不知。

俗语：你出现一下子，我思念一辈子。

妙语：你是无意穿堂风，偏偏孤倨引山洪。

俗语：别睡了，我们出去散步。

妙语：怀民亦未寝，相与步于中庭。

俗语：相思成疾。

妙语：人生纵有三千疾，唯有相思不可医。

俗语：控制不住地想你。

妙语：明知相思乱心神，奈何相思已入魂。

俗语：我时时刻刻都在想你。

妙语：长相思兮长相忆，短相思兮无穷极。

俗语：你在哪里？我想你了。

妙语：桃花吹尽，佳人何在，门掩残红。

俗语：秋天与你分开，更让我难过。

妙语：多情自古伤离别，更那堪冷落清秋节。

俗语：我很爱很爱你。

妙语：一往情深深几许，深山夕照深秋雨。

俗语：还是会想你。

妙语：怕相思，已相思，轮到相思没处辞，眉间露一丝。

俗语：看着你离开，我已经控制不住思念的情绪。

妙语：墙头马上遥相顾，一见知君即断肠。

俗语：如果不能和你在一起，我宁愿孤独终老。

妙语：此生如若不是你，何愁青丝配白衣。

俗语：爱情让人死去活来。

妙语：问世间，情是何物，直教生死相许！

俗语：我爱你，生死相随。

妙语：在天愿作比翼鸟，在地愿为连理枝。

俗语：夫唱妇随。

妙语：君安游兮西入秦，愿为影兮随君身。

俗语：不知不觉爱上了你。

妙语：我本无意惹惊鸿，奈何惊鸿入我心。

俗语：如果没有认识你，就不会如此想你。

妙语：早知如此绊人心，何如当初莫相识。

俗语： **好怀念和你在一起的日子。**

妙语： 伤心桥下春波绿，曾是惊鸿照影来。

俗语： **月亮代表我的心。**

妙语： 衷情欲诉谁能会，惟有清风明月知。

俗语： **跟你在一起，时间过得很快。**

妙语： 情双好，情双好，纵百岁犹嫌少。

俗语： **只要能跟你在一起，我什么都愿意。**

妙语： 得成比目何辞死，愿作鸳鸯不羡仙。

俗语： **我想你了，你却不知道。**

妙语： 相思树底说相思，思郎恨郎郎不知。

俗语： **见不到你，我魂都丢了。**

妙语： 古人皆恨别，此别恨销魂。

俗语： **对你的思念无止境。**

妙语： 天涯地角有穷时，只有相思无尽处。

俗语： **追不到你，我睡不着觉。**

妙语： 求之不得，寤寐思服。

俗语：想给你写信，还没动笔，就先哭了。

妙语：欲写彩笺书别怨，泪痕早已先书满。

俗语：你我生死相依，永不离弃。

妙语：死生契阔不相离，两心既许永不渝。

俗语：十分不舍地送你离开。

妙语：望望山山水水，人去去，隐隐迢迢。

俗语：很深的思念。

妙语：人道海水深，不抵相思半。海水尚有涯，相思渺无畔。

俗语：睡不着的时候，很想你。

妙语：只欲栏边安枕席，夜深闲共说相思。

俗语：分别让人真难受。

妙语：剪不断，理还乱，是离愁，别是一般滋味在心头。

俗语：我想的人，在很远的地方。

妙语：长相思，在长安。

俗语：**今天晚上很想你。**

妙语：别有相思处，啼鸟杂夜风。

俗语：**想你却见不到你，很难过。**

妙语：相思无因见，怅望凉风前。

俗语：**没有你，我好孤单。**

妙语：独行独坐，独唱独酬还独卧。

俗语：**思念停不下来。**

妙语：忆君心似西江水，日夜东流无歇时。

俗语：**为你患了相思病。**

妙语：南风为期，念你成疾。喜你为疾，药石无医。

俗语：**看着月亮思念你。**

妙语：一别两地同风雨，我望明月月望你。

俗语： **你存在，我深深的脑海里。**

妙语： 肠深解不得，无夕不思量。

俗语： **天天想你，却只能匆匆见一面。**

妙语： 天涯流落思无穷，既相逢，却匆匆。

俗语： **很想见你。**

妙语： 远赴人间惊鸿宴，一睹人间盛世颜。

俗语： **你的笑容，让我难忘。**

妙语： 明月是前身，回头成一笑，清冷几千春。

俗语： **你最漂亮。**

妙语： 回眸一笑百媚生，六宫粉黛无颜色。

俗语： **你真好看。**

妙语： 锦衣雪华玉颜色，回眸一笑天下倾。

俗语： **别人再好，也不及你。**

妙语： 日落西山非我意，晚霞再好不及你。

俗语：离不开你。

妙语：情深似海难自量，此生唯你不可替。

俗语：我会一直喜欢你。

妙语：云缠风不知所起，风吹千里不问归期。

俗语：相守一辈子。

妙语：运来终能有邂逅，升得风帆共畅游。

俗语：咱俩从小一起长大。

妙语：郎骑竹马来，绕床弄青梅。

俗语：相守到老，永不分开。

妙语：梧桐相待老，鸳鸯会双死。

俗语：没有什么能将我们分开。

妙语：天地合，乃敢与君绝。

俗语：咱们好像在哪见过。

妙语：最是凝眸无限意，似曾相识在前生。

俗语：好好过日子。

妙语：鸳鸯交颈期千岁，琴瑟谐和愿百年。

俗语：除了你以外，还没有人再走进我的心里。

妙语：曾经沧海难为水，除却巫山不是云。

俗语：我们回不去了。

妙语：柳絮随风各东西，物是人非已不同。

俗语：你会找到更好的。

妙语：终有弱水替沧海，再无相思寄巫山。

俗语：以后要过得开心些。

妙语：往事情怀酿作酒，换我余生长醉不复忧。

俗语：再也没有人像我这样对你好了。

妙语：纵你阅人何其多，再无一人恰似我。

俗语：忽然想到了你。

妙语：忽有故人心上过，回首山河已是冬。

俗语：我终于失去了你。

妙语：三里清风三里路，步步春风再无你。

俗语：想你想得受不了。

妙语：多情却被无情恼，今夜还如昨夜长。

俗语：到最后还是我一个人。

妙语：后来烟雨皆散尽，无人撑伞一人行。

俗语：我一个人孤独又凄凉。

妙语：独自凄凉还自遣，自制离愁。

俗语：失恋了。

妙语：从此无心爱良夜，任他明月下西楼。

俗语：放不下你。

妙语：心似双丝网，中有千千结。

俗语：始终忘不了你。

妙语：菩提树下说执迷，云海众生皆是你。

俗语：如果你能回到身边来，我愿意做任何事。

妙语：若似月轮终皎洁，不辞冰雪为卿热。

俗语：不能在一起，好遗憾啊。

妙语：天长地久有时尽，此恨绵绵无绝期。

俗语：一切都没变，只是少了你。

妙语：碧野朱桥当日事，人不见，水空流。

俗语：距离产生美。

妙语：重见金英人未见，相思一夜天涯远。

俗语：一切看缘分吧。

妙语：花开花落终有时，相逢相聚本无意。

俗语：我们分开一年了。

妙语：去年花里逢君别，今日花开又一年。

俗语：终究是回不去了。

妙语：年年岁岁花相似，岁岁年年人不同。

俗语：你从未爱过我。

妙语：空有相思霜似雪，奈何真心空对月。

俗语：很多东西已经回不去了。

妙语：物是人非事事休，欲语泪先流。

俗语：再也见不到你了。

妙语：人面不知何处去，桃花依旧笑春风。

俗语：没等到你，好失望。

妙语：过尽千帆皆不是，斜晖脉脉水悠悠。

俗语：我能等到你吗?

妙语：问灵十三载，等一不归人。

俗语：失去了才懂得珍惜。

妙语：时光静好不曾惜，繁华落尽终是悔。

俗语：要是我还没嫁人就好了。

妙语：还君明珠双泪垂，恨不相逢未嫁时。

俗语：我们之间结束了。

妙语：昨夜星辰已逝，满眼青山渐远。

俗语：我的爱情破灭了。

妙语：春心莫共花争发，一寸相思一寸灰。

俗语：我们分手吧。

妙语：向来缘浅，奈何情深。而今别去，不复相见。

俗语：分手快乐。

妙语：一别两宽，各生欢喜。

俗语：我离婚了。

妙语：飞鸟与鱼不同路，从此山水不相逢。

俗语：**我们到此为止吧。**

妙语：从此山水不相逢，莫道彼此长和短。

俗语：**我渐渐忘了你。**

妙语：渐行渐远渐无书，水阔鱼沉何处问。

俗语：**我的世界从此没有你。**

妙语：苦酒折柳今相离，无风无月也无你。

俗语：**我终究还是错付了。**

妙语：只因错赏昔日雪，一夜悲萧到天明。

俗语：**没有人懂我。**

妙语：苍天不解人情暖，冷眼看花尽是悲。

俗语：**原来我才是那个小丑。**

妙语：我本将心向明月，奈何明月照沟渠。

俗语：**错过就是一辈子。**

妙语：笙歌不见故人散，十里长欢难再寻。

俗语：**他的心变得好快。**

妙语：世情薄，人情恶，雨送黄昏花易落。

俗语：好后悔当初的选择。

妙语：当年不肯嫁春风，无端却被秋风误。

俗语：你那么优秀，我配不上你。

妙语：我是檐上三寸雪，你是人间惊鸿客。

俗语：遇见已是幸运。

妙语：三生有幸遇见你，纵使悲凉也是情。

俗语：都怪我不知道珍惜。

妙语：此情可待成追忆？只是当时已惘然。

俗语：不知该说些什么。

妙语：执手相看泪眼，竟无语凝噎。

俗语：我想静静。

妙语：心酸总有千万种，沉默不语最难过。

俗语：心凉了。

妙语：半身风雨半身伤，半句别恨半心凉。

俗语：人为什么要有爱恨情仇呢?

妙语：世界微尘里，吾宁爱与憎。

俗语：所有的相遇，都是久别重逢。

妙语：从别后，忆相逢。几回魂梦与君同。今宵剩把银釭照，犹恐相逢是梦中。

俗语：旧情难忘。

妙语：背灯和月就花阴，已是十年踪迹十年心。

俗语：我喜欢你，你却不知道。

妙语：山有木兮木有枝，心悦君兮君不知。

俗语：我喜欢你，你却不喜欢我。

妙语：我与春风皆过客，你携秋水揽星河。

俗语：无人能说，无人能懂。

妙语：苍天不解人情暖，冷眼看花皆是悲。

俗语：曲终人散，只剩下回忆。

妙语：良人怎奈变凉人，旧城之下念旧人。

俗语：你走了，就剩我自己了。

妙语：梧桐半死清霜后，头白鸳鸯失伴飞。

俗语：还没开始就结束了。

妙语：曲未终，人已散，酒未醉，心已碎。

俗语：以后就当不认识。

妙语：山河岁月空惆怅，今生今世已惘然。

俗语：好男（女）人多的是。

妙语：枝上柳绵吹又少，天涯何处无芳草。

俗语：感情受伤了。

妙语：烟惹寂寞酒惹愁，痴情换来泪长流。

俗语：伤心得无法描述。

妙语：世间无限丹青手，一片伤心画不成。

俗语：缘分很重要。

妙语：青涩不及当初，聚散不由你我。

俗语：爱情总是让人患得患失。

妙语：风月入我相思局，怎堪相思未相许。

俗语：我约的人爽约了。

妙语：静女其姝，俟我于城隅。爱而不见，搔首踟蹰。

俗语：你的承诺不可信。

妙语：纵令然诺暂相许，终是悠悠行路心。

赏美景，直抒胸臆

俗语：**这日落好美呀！**

妙语：落霞与孤鹜齐飞，秋水共长天一色。

俗语：**江边的落日真美啊！**

妙语：晚天长，秋水苍。山腰落日，雁背斜阳。

俗语：**傍晚时，刮起了大风。**

妙语：溪云初起日沉阁，山雨欲来风满楼。

俗语：**夕阳真美，就是太短暂。**

妙语：夕阳无限好，只是近黄昏。

俗语：**每天的夕阳不一样。**

妙语：青山依旧在，几度夕阳红。

俗语：**夕阳下，一阵风吹来，树叶纷纷落下。**

妙语：谁念西风独自凉？萧萧黄叶闭疏窗，沉思往事立残阳。

俗语：**桥边的小野花，巷口的夕阳红。**

妙语：朱雀桥边野草花，乌衣巷口夕阳斜。

俗语：落日下的小村子。

妙语：斜阳外，寒鸦万点，流水绕孤村。

俗语：院子里柳树十分挺拔。

妙语：庭院深深深几许，杨柳堆烟，帘幕无重数。

俗语：月光照在湖边上，湖水十分平静。

妙语：湖光秋月两相和，潭面无风镜未磨。

俗语：露珠晶莹，月亮弯弯。

妙语：可怜九月初三夜，露似真珠月似弓。

俗语：星星一闪一闪，月光洒在江面上。

妙语：星垂平野阔，月涌大江流。

俗语：雨后的荷塘。

妙语：叶上初阳干宿雨、水面清圆，一一风荷举。

俗语：荷花刚刚开放。

妙语：小荷才露尖尖角，早有蜻蜓立上头。

俗语：雪白的梅花。

妙语：梅须逊雪三分白，雪却输梅一段香。

俗语：池塘里开满了荷花。

妙语：接天莲叶无穷碧，映日荷花别样红。

俗语：绿树成荫。

妙语：绿阴不减来时路，添得黄鹂四五声。

俗语：阴天了，下雨了。

妙语：黑云翻墨未遮山，白雨跳珠乱入船。

俗语：雨水把城市洗干净了。

妙语：渭城朝雨浥轻尘，客舍青青柳色新。

俗语：刚下过雨，荔枝红了。

妙语：锦江近西烟水绿，新雨山头荔枝熟。

俗语：下了一夜雨后，满城的花都开了。

妙语：晓看红湿处，花重锦官城。

俗语：下了几滴雨。

妙语：七八个星天外，两三点雨山前。

俗语：细雨中，小草泛绿了。

妙语：天街小雨润如酥，草色遥看近却无。

俗语：天阴了，要下雨了。

妙语：云青青兮欲雨，水澹澹兮生烟。

俗语：风平浪静。

妙语：淡烟微雨锁横塘，且看无风浪。

俗语：下着小雨，百合花开了。

妙语：夜合花开香满庭，夜深微雨醉初醒。

俗语：淅淅沥沥的雨声。

妙语：柳外轻雷池上雨，雨声滴碎荷声。

俗语：东边出太阳了，西边还在下雨。

妙语：东边日出西边雨，道是无晴却有晴。

俗语：**晴天的西湖很美，雨中的西湖也很美。**

妙语：水光潋滟晴方好，山色空蒙雨亦奇。

俗语：**山村风光真好。**

妙语：绿树村边合，青山郭外斜。

俗语：**海上起雾了。**

妙语：天接云涛连晓雾，星河欲转千帆舞。

俗语：**下雨天，到处是青蛙的叫声。**

妙语：黄梅时节家家雨，青草池塘处处蛙。

俗语：**黄河水滚滚而来。**

妙语：九曲黄河万里沙，浪淘风簸自天涯。

俗语：**天很蓝，太阳刚刚升起。**

妙语：夜雨染成天水碧，朝阳借出胭脂色。

俗语：**丰收的美景。**

妙语：梅子金黄杏子肥，麦花雪白菜花稀。

俗语：春天百花盛开。

妙语：等闲识得东风面，万紫千红总是春。

俗语：天暖和了，柳树绿了，梅花红了。

妙语：暖雨晴风初破冻，柳眼梅腮，已觉春心动。

俗语：月光照在地上。

妙语：高松漏疏月，落影如画地。

俗语：风景太美了，只是我描绘不出来。

妙语：此时此景真堪画，只恐丹青笔未精。

俗语：安静的夜晚，只听见蝉的叫声。

妙语：明月别枝惊鹊，清风半夜鸣蝉。

俗语：凉爽的夜晚。

妙语：清风明月无人管，并作南楼一味凉。

俗语：晚上，下了一场大雪。

妙语：夜深知雪重，时闻折竹声。

俗语：冰天雪地。

妙语：北国风光，千里冰封，万里雪飘。

俗语：天阴沉沉的，下起了大雪。

妙语：千里黄云白日曛，北风吹雁雪纷纷。

俗语：天很冷，叶子落了一地。

妙语：昨夜清霜冷絮裯，纷纷红叶满阶头。

俗语：春光好。

妙语：江碧鸟逾白，山青花欲燃。

俗语：春雨。

妙语：好雨知时节，当春乃发生。

俗语：温暖的春风。

妙语：沾衣欲湿杏花雨，吹面不寒杨柳风。

俗语：春天，柳树发芽了。

妙语：不知细叶谁裁出，二月春风似剪刀。

俗语：春天到了，杏花开了。

妙语：春色满园关不住，一枝红杏出墙来。

俗语：朝霞中的美景。

妙语：日出江花红胜火，春来江水绿如蓝。

俗语：春天到了，草都绿了。

妙语：春风又绿江南岸，明月何时照我还。

俗语：春回大地。

妙语：竹外桃花三两枝，春江水暖鸭先知。

俗语：草绿了，柳树发芽了，黄莺在啼叫。

妙语：草长莺飞二月天，拂堤杨柳醉春烟。

俗语：早春的景色美。

妙语：最是一年春好处，绝胜烟柳满皇都。

俗语：初夏的乡村。

妙语：清江一曲抱村流，长夏江村事事幽。

俗语：**夏天景色也很美。**

妙语：芳菲歇去何须恨，夏木阴阴正可人。

俗语：**夏天刚刚到来。**

妙语：首夏犹清和，芳草亦未歇。

俗语：**我爱夏天。**

妙语：人皆苦炎热，我爱夏日长。

俗语：**夏天太热了。**

妙语：农夫方夏耘，安坐吾敢食。

俗语：**秋风响，浪头长。**

妙语：秋风萧瑟，洪波涌起。

俗语：**秋天凄凉的景色。**

妙语：孤村落日残霞，轻烟老树寒鸦，一点飞鸿影下。

俗语：**秋天也有美丽的花朵。**

妙语：解落三秋叶，能开二月花。

俗语：天很蓝，叶子黄了。

妙语：碧云天，黄叶地，秋色连波，波上寒烟翠。

俗语：秋风吹过，叶子落了。

妙语：袅袅兮秋风，洞庭波兮木叶下。

俗语：满湖秋色。

妙语：满载一船秋色，平铺十里湖光。

俗语：一场秋雨后，天更冷了。

妙语：对潇潇暮雨洒江天，一番洗清秋。

俗语：枫叶真红啊。

妙语：停车坐爱枫林晚，霜叶红于二月花。

俗语：秋风凉凉的，月亮明晃晃的。

妙语：秋风清，秋月明，落叶聚还散，寒鸦栖复惊。

俗语：梧桐叶黄了。

妙语：金井梧桐秋叶黄，珠帘不卷夜来霜。

俗语：**我觉得秋天比春天好。**

妙语：自古逢秋悲寂寥，我言秋日胜春朝。

俗语：**满天的星星。**

妙语：微波澄不动，冷浸一天星。

俗语：**秋天到了，叶子落了。**

妙语：夜深风竹敲秋韵，万叶千声皆是恨。

俗语：**秋天天气真好。**

妙语：秋气堪悲未必然，轻寒正是可人天。

俗语：**山里的秋天很美。**

妙语：南山与秋色，气势两相高。

俗语：**树叶纷纷落下。**

妙语：无边落木萧萧下，不尽长江滚滚来。

俗语：**秋天的傍晚。**

妙语：秋宵残雨上窗纱，一点流萤照暮花。

俗语：**晚秋时节，想起了你。**

妙语：红叶黄花秋意晚，千里念行客。

俗语：一叶知秋。

妙语：渐觉一叶惊秋，残蝉噪晚，素商时序。

俗语：秋天到了，但南方的草木还没凋零。

妙语：青山隐隐水迢迢，秋尽江南草未凋。

俗语：下大雪了。

妙语：应是天仙狂醉，乱把白云揉碎。

俗语：我喜欢初冬。

妙语：平生诗句领流光，绝爱初冬万瓦霜。

俗语：初冬的景色依旧很美。

妙语：初冬景物未萧条，红叶青山色尚娇。

俗语：雪落枝头。

妙语：忽如一夜春风来，千树万树梨花开。

俗语：西湖的景色真美啊！

妙语：欲把西湖比西子，淡妆浓抹总相宜。

俗语：**江南的景色真美啊！**

妙语：千里莺啼绿映红，水村山郭酒旗风。

俗语：**满天的烟花。**

妙语：东风夜放花千树，更吹落、星如雨。

俗语：**灯笼很亮，烟花很美。**

妙语：灯数千光照，花焰七枝开。

俗语：**烟花好美啊。**

妙语：纷纷灿烂如星陨，燿燿喧豗似火攻。

俗语：**十分安静。**

妙语：风定花犹落，鸟啼山更幽。

俗语：**天上闪烁着无数的星星。**

妙语：星汉灿烂，若出其里。

俗语：**冷清的夜里，耀眼的星星。**

妙语：云母屏风烛影深，长河渐落晓星沉。

俗语：**天黑了，人们睡觉了。**

妙语：天上星河转，人间帘幕垂。

俗语：好长的瀑布。

妙语：飞流直下三千尺，疑是银河落九天。

俗语：一个人也没有，十分安静。

妙语：千山鸟飞绝，万径人踪灭。

俗语：月光下，溪水流。

妙语：明月松间照，清泉石上流。

俗语：沙漠落日。

妙语：大漠孤烟直，长河落日圆。

俗语：翠绿的湖和远处的山。

妙语：遥望洞庭山水翠，白银盘里一青螺。

俗语：起伏的山脉。

妙语：横看成岭侧成峰，远近高低各不同。

俗语：山真高呀！

妙语：举头红日近，回首白云低。

俗语：枫叶红了，菊花开了。

妙语：丹枫万叶碧云边，黄花千点幽岩下。

俗语：一重重山。

妙语：叠嶂西驰，万马回旋，众山欲东。

俗语：夕阳照在水面上，江水一半绿一半红。

妙语：一道残阳铺水中，半江瑟瑟半江红。

俗语：风吹起浪花，大雁飞上天。

妙语：风翻白浪花千片，雁点青天字一行。

俗语：江上的船已经走远，水面上倒映着枯树的影子。

妙语：青枫江上秋帆远，白帝城边古木疏。

俗语：小风吹来，水面平静。

妙语：清风徐来，水波不兴。

俗语：雪停了，天晴了，月亮出来了。

妙语：山南山北雪晴，千里万里月明。